U0500717

WEN AIYI'S POETRY

ZHE RONG

COLLECTION NO.68

文爱艺诗集·第68部

# 柘荣

四川人民出版社

Congratulations to Mr Wen. His new poetry collection No 68 titled "Zhe Rong" now is out . This book is full of philosophical thinking behind every word and sentence, and it also shows the beauty of context. Mr. Wen's talent and long-term respect for literature, I believe readers will definitely benefit from his poems. Here, I strongly recommend it to people who like to read and are passionate about poetry creation with the genuine heart.

Sue Zhu*

Auckland

2021.4.24

祝贺文先生的第68部诗集成功出版发行。新诗集《柘荣》是一本字里行间充满哲学思考，尽显意境之美的优秀之作。文先生的超人才华和长久以来对文字的敬重，使我有理由相信每一位读者都会从其诗歌中受益。 在此，我真诚地推荐给那些喜欢阅读并热衷于诗歌创作的朋友们。

淑文 * 题于奥克兰市

2021.4.24

* 注

Sue Zhu, New Zealand Chinese poet, Artist, honorary director of the US-China Cultural Exchange Center, Director of the New Zealand Poem and Art Association.

淑文，新西兰诗人、艺术家；美中文化交流中心荣誉理事，新西兰国学与诗词艺术协会理事。

木

文脉深山木相传

柘荣

三　生　石　上　木　石　荣

柘荣

鸳 鸯 草 场 繁 星 夜

柘荣

孝亲持**家**慈悲怀

柘荣

鸳鸯草场繁星夜

文脉深山木相传

孝亲持家慈悲怀

三生石上木石荣

文爱艺诗集 · 第 68 部

WEN AIYI'S POETRY COLLECTION

NO. 68　ZHE RONG

柘荣

本书是享誉中外的著名诗人文爱艺先生的最新诗集，是诗人出版的第 68 部诗集。

文爱艺的诗集自出版以来，获国内外各种大奖数次，受到广大读者的喜爱，再版不断。

这部充满激情的诗集，是从诗人 2020 年创作的新作中精选而成，共收诗 52 首。

文爱艺的诗以其真诚、热情、睿智的气息深深打动着读者，畅销 30 余年，其作品的发行量仅诗集累计已逾 1000 万册，成为当代新诗复兴的开拓者。

他的诗被誉为"用诗建造的可以对话的青春偶像"；"是精神家园中与人共同呼吸的草坪"；既吸收了传统表达方式，又融会了现代表现技巧，是传统与现代的优秀结合，音韵优美，充满了诗人对生活的热爱。

2020 年的文爱艺新著全国巡回分享会受邀从天空之城柘荣（7 月 9 日）、海上仙都福鼎（7 月 18 日）开始。诗人首访此地，惊于柘荣自然之美，感于长寿之乡人情之暖，挥笔写下了这部集人文、地理、价值观为一体的独特诗集。

在这部新诗集中，诗人以独特的表现手法歌咏柘荣的自然之美、人文之美、人情之美；歌项柘荣人民的勤劳、善良及奉献精神；讴歌了柘荣的自然、人文、社会发展等各个方面的成果及风貌，奏响了"柘荣——天空之城"的美丽乐章。

出版说明

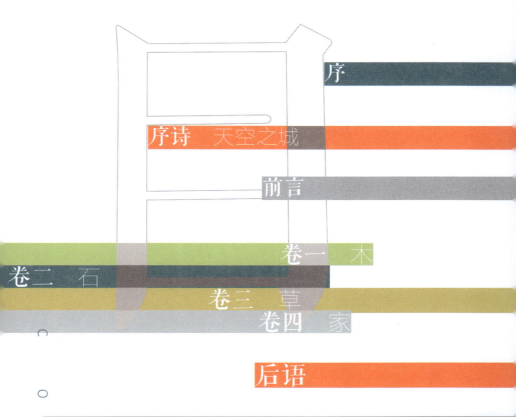

CONTENTS

录

一座小城与一本诗集

注

本序作者唐颐先生是中国作协
会员、福建省炎黄文化研究会副
会长，中共宁德市委原副书记，
中共柘荣县委原书记。

我与文爱艺先生素昧平生，但读了他的新诗集《柘荣》，竟有未见其人，如逢故友之感觉。

想来，这是因为柘荣的美丽山水与厚重人文深深打动了我们，让我们共同陶醉于一座小城的文化而心有灵犀，息息相通。

文友吴恩银君发来文先生诗稿，让我先是手不释卷，一气读完，又是爱不释卷，反复诵读。

真是折服诗人对柘荣小城的深入研究与高度概括。

我对恩银君说，读这本诗集，最好是柘荣人，或是了解柘荣的人，才会深入佳境，感同身受，思接千载，放眼八方，让心灵遨游天空之城。

掩卷而思，诗集给我阅读快感有三：

其一，凝炼隽永，内涵丰富。

诗集共收录作品 52 首，分为 4 章，其中大部分诗作都涉及柘荣，几乎将柘荣自然山川，历史人文，如数家珍，和盘托出。

读《序诗》，便可窥斑见豹：

群峰相拥太姥云上东狮顶
九十三座奇山孕育百岁老人遍地走
龙溪潺潺入户
万亩草场鸳鸯石上繁星卧情浓

一剪永德利
地灵力捷迅
柘荣太子参上土
一溪清水长寿
……

该诗 12 节 40 句，句句皆有典故，用典且不晦涩，凝炼的诗句，隽永的诗韵，将小城风貌尽显其中。

又如《东狮山》《九龙井》《游朴》《袁天禄》等诗，对小城风情、风景名胜与历史文化名人之歌咏，亦是一首首内涵丰富的导游词。

其二，睿智思辩，独到深刻。

古人云"诗言志"。

该诗集不时有思想光芒闪烁其间，往往令读者会心一笑或沉思良久。

如《柘荣剪纸》：

不是巧手
化纸为美

而是心灵
逾越了高度

如《袁天禄》：

双城之父故里
天空之城清明

如《石山洋》：

乍洋鹅掌楸王
树洞容纳心胸

如《古书堂》：

龙山书堂一会
文脉天地同心

如《水浒桥——世界最美的木石桥》：

日月穿梭桥下
古圣先贤风中

如《柘荣山茶油》：

万般孤独在荒野
坊间千锤百炼

一生清寒
化为油花暖人间

以上金句，不胜枚举，即使歌咏柘荣小吃牛肉丸，也不同凡响：

山野村夫走卒
达官显贵美人

一碗在手中
众生都平等

其三，真诚如水，热情似火。

文爱艺先生是我国享誉中外的著名学者、诗人、作家、翻译家，出版著作已超过 200 部。

我听恩银君介绍，文先生为了撰写本书，两次莅临柘荣，走遍所有乡镇与歌咏之地，并且研读了众多有关柘荣的典籍资料，可谓躬下身子接地气，厚积薄发。

诗人的真诚如水一样清澈，热情如火一样炽热，读者在诗集中时时可以感受，就如《初访别柘荣诸友》：

一庭高朋坐上席
往来天上无白丁

笑谈古今皆云雨

一日之欢不是酒
长寿乡里柘荣

一别悲欢

2020 年，文先生的第 65 部诗集《风》与第 66 部诗集《凤凰》，又再次获得"最美的书"殊荣。

我想，他的第 68 部诗集《柘荣》一定会给读者，特别是柘荣的读者带来更多的惊喜！

唐颐
2020 年 11 月底于宁德三游斋

序诗

注

① 此为《文爱艺诗集·第 68 部·柘荣》的序诗，每句皆有典故，详见书中，此不重注。

# 天空之城①

群峰相拥太姥云上东狮顶
九十三座奇山孕育百岁老人遍地走
龙溪潺潺入户
万亩草场鸳鸯石上繁星卧情浓

一剪永德利
地灵力捷迅
柘荣太子参上土
一溪清水长寿

高山白茶石古兰
破独一口今古通

凤岐吴氏宅
多少风云人物
东源水浒桥上走
不老松下双城千古

富溪归驷桥

福温古道

千军万马抗倭归来

四溪单孔悬臂


溪口袁氏宗祠里

政要名流尽折腰

一剪纸上风云起

入眼魂魄

悲欢离合都过目

净目洗心去拙


闽浙咽喉里

群峰月下眠

过往名利客

山高知水远


马仙信俗布袋戏

长寿乡里慈眉多

游朴墓上风

三主法司无冤魂

木刻鸡大腿

石笔云端


卧波永安桥

一轮明月水中

溪口村里无庸客

四季分分秒秒美容

天地酿酒醉日月

风花雪月人间

有多少风雨
就有多少绿洲

前言

卷一 木

草场牧归

术

# 01

柘荣女神——马仙

注

① 陶弘景，南朝梁丹阳秣陵（今江苏南京）人，著名的医药家、炼丹家、文学家，南朝齐、梁时期的道家大师，道教茅山派代表人物之一。

鸬鹚殿里祈甘霖
一雨天下风景

东狮山淋丝如云
奇石嶙峋峥嵘

崎岖山间小道上
昭明太子文选

普光寺外繁星照
天空之城月中

"山中宰相"陶弘景①
孩儿参体煮水忙

太子畅饮高山上
神清目明，九辩、九歌畅

睿智慧敏浮云端
三十三卷天下颂

九瀑万里融入海
溪泉细流云上

天福地安灵岩洞
马仙赐福在柘荣

一轮朝阳天地起
宁德霍童山上风

论道说法终为民
神女为仙泽众寿

金华难觅小村庄
昭明太子转世路

耐人寻味长寿里
永安桥下溪成波

众生同向真善美
浩瀚苍莽繁星河

道，扶危济困
医，治病救人

祈禳瘟疫，祈雨丰年
众生平等，万物有灵

勤劳耕作、纺织持家
和睦乡邻寿星多

马仙信仰"迎仙"仪
十三境里聚合

马仙宫里无尊卑
和谐天空之城朝圣

龙溪源头天上来
岭口境、东峰境、上城境

后营境、前营境
溪坪境

湄洋境、前山境、洋边境
东源境、西宅境、太阳境里濂溪境

境境聚合村落
平安吉祥如意

永恒之女神
引领我们前进

永安桥①

02

术

注

① 永安桥，位于柘荣县乍洋乡
  溪口村石山溪上，建于 1863
  年（清同治二年），为石构
  单孔拱桥，距水面高达 13.5
  米。桥面两侧石栏杆高 0.75
  米，长 36.7 米，栏杆中部东
  侧石栏板刻有"永安桥"三
  字。
  桥气势不凡，桥北立永安桥、
  庆安桥、资寿桥、同安桥等碑
  志八通。桥两端的两对柱头
  上本各有石雕狮子一只。我
  去时，此四只精美之狮已被
  人盗走，据说已追回，期待
  早日复原，不再被盗！

一孔石上山溪
潺潺谷波飞虹

千斤的石头浮碧水
倒影璧合

哒哒的石上声
千年古今

碧波山涧冰冷
天上人间

一轮明月洗清波
山风无迹

水上艳影
荣辱不惊

烟雨溪口
过客匆匆

石古兰上茶花
清香风雨石古兰上茶花
清香风雨

狮子岭

03

术

注

① 据《竹书纪年》载，狮子是
由西域贡奉的"殊方异物"。

② 明代宗朱祁钰在天安门建金
水桥，朝野德行最佳者，先
过桥，桥畔立两尊石狮为证。

③ 陈桷（1091-1154），名纬，
字季壬，南宋时温州苍南人，
卜居京口（今江苏镇江）。政
和二年上舍，进士及第。历仕
宣和提点福建路刑狱、高宗
礼部侍郎，忤秦桧罢官，后
知襄阳府、充京西南路安抚，

西域贡奉"异物殊"①
一入天朝威武

雄姿勇猛透和善
柔顺"金水桥"畔②

东汉石狮西域王
一入深宫背翼丰

镇魔辟邪"吐赤舌"
羽化登仙

南朝梁国石狮舞
云纹护法安宁

隋朝胸起去翅羽
前肢向前鼎盛

大唐"武曌"母陵前
丰腴盛世舒展

"灵根"含吐夜明珠
绶带绕身三思行

五代战乱民涂炭
项下铃铛长鸣

改知广州，未至卒。
桷宽洪蕴藉，以诚接物，淡
于荣利，自号无相居士。著
有《文集》十六卷，已佚。
陈桷前后五代皆有朝官，显
赫乡里。

大宋"中国狮"
"鼻大"好福气

孔林"衙门狮"
"有理无钱莫进来"

孔庙元代铁狮
背驮莲花身障泥

"豫园""望乡狮"
两行清泪归故里

明代石狮"天一阁"
娇柔"好风水"

故宫王气"风信狮"
披风海上群雄

清代的雕梁画栋
头重脚轻玲珑

"钱狮"香港中行前
吐舌张口银行

"公母狮"口一张合
了却多少荣辱

溪坪古街"溪坪狮"
"陈梬"门前金花"五世显"③

狮子岭上多风云
石上从来不平静

不是刀工泣鬼神
人间鬼魅欺软怕硬

生来立天地
威武一生即为狮

无须沽名浊水边
雄起清澈万里

百草园

术

04

注

① 东源乡里的"水浒桥"，有
108 根立柱，其中一根乌桕
木，代表李逵，松木，代表
武松。

② 被邀首访柘荣，中共柘荣县
委宣传部副部长吴恩银亲述
"古樟树的传说"，寓意深
刻！人间真正的"善"，都
是不求回报的，所以有"文
章先生"一说！

黄柏、南天竹
麦冬、三叶青
人参、覆盆子
乌桕木黑李遶
廊桥波上武松①

东源九条巷
九天昼夜走不透
倭破桃坑寨
马仙布阵灭敌顽

"古书堂"里"琢玉楼"
"龙山书"中"心远堂"
"培凤亭"间升"公平"

高台教化"古戏楼"
"至德""孝悌""仁美""和为贵"

"古樟树"里"文章先生"②

木

溪口[①]

05

注

① 溪口，古称"金口"。

溪口村北凤里溪
玉山溪水交流

溪口尚武练兵场
巨石强健筋骨

福温古道永安桥
石碑八通记义举

卵石平铺卧圆通
清澈鱼影轻松

古城墙里夕阳
防洪抗倭巨能

袁氏宗祠"世泽绵长"
"裕后光前"

溪口村前交溪
"柘水流芳"

龙溪①

木

06

注

① 2020 年的文爱艺著作全国
分享会受邀从天空之城柘荣
开始，柘荣各界精英会聚新
华书店，畅谈甚为通达。会后，
中共柘荣县委宣传部常务副
部长吴恩银沿龙溪介绍柘荣
古今，让人感悟颇多，夜不
成眠，挥笔成就此文。

② 东狮山，太姥山脉主峰，形
似狮而得名。群峰耸峙，雄
伟挺拔，谷、泉、洞、岩、峰、
石山，入眼皆景。清人留言：
"绿帜插云霄，岩岩众山祖。
太姥在下峰，高标谁与伍。"

一条溪
龙行成河
多少清浊婉转

东狮山顶②
积滴成涌
无数循环的阴晴圆缺
古今

一把剪刀③
人生的酸甜苦辣
落入指尖

放生的鱼虾
逆流清澈
暴风骤雨
霞光

锦鲤垂绦
白鹭倒影
双城堡下

恩恩怨怨事
来来去去
天地间
山高水远

017

③ 柘荣剪刀、剪纸，闻名天下。

木

九龙井①

07

注

① 九龙井，柘荣国家 AAA 级旅游景区。

② 清代《宁德县志》记载，展旗峰自屏南，历天湖、钟洋突出高峰，其形如旗。

十里翠竹
万担茶乡石山上

水田三千、流水奇观
冰臼、晶洞花岗岩里

飞瀑流泉"壶穴"联通
聚合、抬升、侵蚀地

空谷清幽
石山洋里云蒸霞蔚

村落婉约田园
恬静恍如隔世

群山如织
小溪如带

永安桥下半轮明月卧清波
水中倒影共圆人间在天上

春、夏、秋、冬
丽山、灵水、巧石、飞瀑,流泉清凉龙井

青竹走廊峡谷
古桥斑斓串珍珠

飞流直下群瀑布
潇洒飘柔人家

溪水为链
九井相连

金蟾迎宾
马仙祈福驱疫佑民

金龙佛掌托天
无尽苍穹护众生

遗荷井
椒图龙穴潺潺流水荡涟漪荷叶水中

蝙蝠井里螭吻领地百米瀑布飞流直下落人间
水雾缭绕深邃莫测渺渺仙气六腑皆清楚

阴阳双井，蚣蝮、蒲牢龙宫
源远流长形似瓮，双龙主宰，阴阳互补，琴瑟和鸣

狻猊驮马仙
普降甘霖

聚龙若水滩，上善若水
饕餮相邀，聚龙滩里又一年

莲花井里，荷叶潭水碧绿
饕餮媚观音，石上莲花如玉

大小龙门井，九龙壁、小瀑布、龙潭观阳台
嶵屃"尤门三级深""平地一声雷"负重寿祥

狴犴似虎守门户
跃过平步青云

双心井里睚眦，潭穴心形潺潺流水合二为一
双心一意俱徊翔，吐情寄君君莫忘

堂义后山兔耳岭，第一旗山脉相通
怪石、奇松陡不险，高而不危矮芦丛

春夏皮绿衣，秋季白茫然
五月开满杜鹃山，花红日出，抬头观天云祥瑞

白溪草场重峦叠嶂
旖妮芳草连天

登岗举目群山云雾
缭绕田野溪流山岩湖水万亩南国草原

第一旗山宁德旗，展旗峰自屏南[2]
历天湖、钟洋突出高峰

极目层峦叠嶂，千峰竞秀
远视天地渺小，乾坤尽在手中

木

08

柘荣一中①

注

① 柘荣一中，创办于 1944 年，
由乡贤凑钱办学，发展为闻
名一方的公立大校，培育了
一大批人才，1975 年被正式
命名为柘荣县第一中学，被
确认为省一级达标学校，系
省重点中学、省级文明学校。

② 感于柘荣一中的教学有方，
李政道先生为其题写校名。

③ 以上内容依次是柘荣一中的
办学理念、办学目标、办学
特色、教风、学风、校风。

凑款购置的30 套桌椅
64 个学生开学

灾难深重的年月
不忘志学才能强己兴国

童子军穿着破鞋
在简陋的草地上操练

所有的变迁
不是因名人的题字伟大②

而是一代代先贤
把求知上进的火种深植入孩子们的心田

为了明天
惟志，惟勤

培名师，育新才，兴文化，创品牌
勤耕耘，重合作，低起点，高成效

实干、苦干、巧干
笃学、善学、乐学

明礼、仁和、向上③
身心健康的孩子才能硕壮

那么多的硕士、博士从这里出发
正改变着世界

教师是培育人类未来的神圣称号
一个无私奉献的命名

在所有的泥泞里
只有永不停息地耕耘沃土

术

09

古书堂①

注

① 柘荣古书堂，初名琢玉楼，后易名心远堂，建于元代，清康熙年间重修，是东源全村世代读书教化之地。书堂有前后两落，砖木结构，形制古朴，雕刻精细，内有"茹古涵今""才近一石"等典故。

② 语自唐·皇甫湜《韩文公墓志铭》："茹古涵今，无有端涯。"

群壑深山里
胸怀天下

琢玉楼上心远堂
茹古涵今②

一堂读者声
绵延不绝

龙山书堂一会
文脉天地同心

比屋连云生齿满
弹弦习道风古今

百年书院千年桥
江山风雨

一笔心中事
花开万里云

双城记

10

① 双城，柘荣上城与下城的统称。上城建于1559年（明嘉靖三十八年），下城建于1361年（元至正二十一年）。下城现存东门（宣寅门）及东边城墙南、北二段，共长226米。上城城墙现存东、西、北面数段，总长度为525.7米。

双城城墙临水而建，顶部内设跑马道，外筑女墙，墙厚近5米，高度4.5～10米不等，功能完备，是明、清二代闽东及沿海地区筑城建堡的主要模式。

龙溪仙屿对鳌龟
鱼眼太极中分

"美人挑灯"筑双城①
"西""溪"里面

城池、仙屿皆龙溪
仙姑一脚留足迹

双城隔溪两相安
互为犄角抗倭敌

蜿蜒山水清溪路
逶迤长寿乡里

人瑞

术

11

注

① 茶油被誉为"东方橄榄油"，
只因产能有限，价高受困。

② 马仙，以柘荣为中心的民间
崇拜地方神明，与妈祖、陈靖
姑，并称"福建三大女神"。
马仙信俗，肇始于唐中叶，源
自浙南，盛行闽浙，影响赣
粤台港澳及东南亚地区，迄
今 1300 多年，信众上千万。
柘荣被誉为"马仙之都"。
每两年举办一届的中国柘荣
马仙文化旅游节，将其文化
的内涵由体现中华民族传统

山海经

水经注

彭祖

西王母

常服"水桂云母粉""麋角散"

心守丹田里

柘荣群山万壑峰

五谷杂粮粥水中

来此一日

增寿三天

乡野村姑

天然芙蓉

知足常乐

心纯慈容

文化中的"真、善、美",演绎塑造成"孝德、健康、平安"的主题形象,丰富、完善了马仙健康平安神的功能定位。

孝德文化是柘荣人健康长寿的文化基因。作为柘荣民众民间信仰风俗的马仙健康平安神,孝顺是她得道成仙的本源,也是马仙信仰的主要内容及其不断发展的主要原因。自觉推崇尊老爱幼、以

民风淳朴
勤劳一生

长寿乡里秘籍多
森林浴场

高山盆地、峡谷
交溪太姥、海风

茶油胜"橄榄"[1]

一花开处独芳

高山白茶配米酒
夏清淡、冬温厚

海产
野菜
河鲜
天然氧吧情浓

孝为荣的传统孝道理念已融入柘荣人的血脉中。柘荣民众尊敬老人、忠厚传家，在日常生活中身体力行。

割草、砍柴、放鸭、爬山坡

天亮扫庭院
天黑熏蚊虫
常洗尘垢阳光里
洁净一生轻松

举头三尺有神明
孝亲持家慈悲怀

马仙之女神②
引领心安体健

游朴

朴

12

① 游朴（1526－1599），字太初，号少涧，福建柘洋（今柘荣县）人，明代官员，1574年（万历二年）进士，出身微寒，深谙民间疾苦，为官刚直不阿，不畏权势，为民解难，造福百姓，被后人称为"一代廉吏"。

② 游朴幼时家贫，在天然岩洞片石堂里捉萤火虫放进蛋壳里照明读书。

③ 游朴十三岁时，其父焚梵书，叫他赋诗一首，游朴随即咏

蝴蝶山下片石堂
荧光虫里洞明②

黄柏村里一口井
晨曦暮时黄昏雨

重逢
又别离

静闲乌石仙岩
三峰笔架奇峰

万籁时犹寂
古寺晨钟

红光满目
西林夕照

乔松壁立老鹤
修竹珍禽水边

到："莺舌传双树，牛车遍九
垓。千年悲汉俑，一夜快秦
灰。推廓今谁任，渊源自此
开。圣谟与家训，二曜并昭
回。"时人称他为"神童"。

④ 游朴不仅为官清廉，且诗文
并茂，乐府诗尤为出色。李
维桢在《大泌山房集》中评游
朴诗："国事民情，有所感
慨，形诸咏叹。率自创体裁，
不复仿效。悲壮激烈，浑朴

朴

四岁识平仄
六岁能读文

九岁写文章
十三吟诗赋

少年吟道理
千年悲汉俑③

一犁春雨饶耕读
半塌宵灯学卧龙

为政废除扰民禁令
纠正冤假错案

《浙江恤刑谳书》
"中兴奏疏第一"

两袖清风
一身正气

遏止贪官污吏
开放双边贸易

真致。"
游朴生前著有《藏山集》《岭南稿》《橄山社草》《石仓诗选》《武经七书解》《浙江恤刑谳书》《游太初乐府》等，大多散佚，存世较少。福建宁州（现福建宁德霞浦县）后人张大光在游朴去世后搜集编印整理其遗文，编成《游参知文集》二卷尚存。

法治除恶"李天荣"
挥手"天开图画"

《诸夷考》里多风貌
《四库全书》流通

荆门《游公大政记》
礼部《去思碑》

《藏山集》《岭南稿》
《檷山社草》《石仓诗选》

《武经七书解》
《游太初乐府》

《游参知文集》④
二卷尚存永流传

福建第一门①

术

13

注

① 东狮山门，全部由花岗岩组
成，石榫结构，狮形配饰，高
11.99 米、长 21.6 米、宽 4
米，被誉为"福建第一门"。

石上刻痕终觉浅
三宝仙缘确为轻

一品三口众人品
众人从众人品重

三生石上木石荣
柘树柳城有台风

年年过处年年处
岁岁不平岁岁平

一石虚名风过处
风化石雨风皆雨

德化从众在人心
孝慈在心心自行

鸬鹚祈雨请马仙
东狮山上有泉源

石

卷二 石

# 01

东
狮
山①

石

① 东狮山，形似狮而得名，位于
  福建省柘荣县城东 3 公里处，
  总面积 13.7 平方公里，海拔
  1480 米，是太姥山脉的主峰。

② 引清徐友梧句，反其意而用
  之。引明宪使游德在灵岩洞
  诗句，略有改动。

③ 罗璜即罗隐。罗隐（833 —
  910），字昭谏，杭州新城
  （今浙江杭州市富阳区新登
  镇）人，唐代文学家。

聚仙亭上摘繁星
一轮明月天小

群峰耸峙泉溪涌
清澈心胸

飘然绝顶风
一洗人间荣辱

海天一色通透
挥指惊涛入手中

环山挺拔柔媚
奇伟雄姿仙都

谷、泉、洞、岩、峰、石
二百二十七景换，流连忘返

蟠桃映翠景、百丈朝暾、仙人锯板、普悦洞
龙井瀑布、仙都胜境皆入风

绿帜插云霄
岩岩众山祖

**太姥在下峰**②
兄弟相拥即为伍

气拔太姥在柘荣
天下奇山雄姿

花岗岩洞千百态
蟠桃岩、马头岩、象鼻岩、千笋石、万书岩、擎天柱人寰

狮子岭上石狮舞
胸怀天下生翅，双翼羽化天地丰

狮岭雄姿迎客路
踏石通途

蟠桃景里泉喷雪
蟠桃溪侧奇石洞天

清澈溪流蟠桃洞
玉屏洞幽深寒彻

雾纱轻绕蟠桃岩
金蟾朝圣

石

马头岩、象鼻岩
惟妙惟肖皆天工

八仙美丽仙掌泉
入岩掬饮心甘甜

蟠桃映翠绝岩壁
幽深洞岩罗隐湾

土地岩、清云宫、石门、石将军
风吹洞里仙风

百丈灵岩雄狮口
闽东第一岩

灵岩洞、灵峰洞、通真洞
八仙古洞何仙姑

断岩绝壁拔地起
惊险罕见独光景

孤峰独、碧霄摩，双屐疑从绛阙过
全柘万山罗小队，扶桑千里见微波

晴云不散坛前树，明月长依石上萝
仙子高居绝尘嚣，岂知人世有悲歌③

八仙洞里云雾绕
四季氤氲风和雨

冬来洞前满冰柱
玉树琼枝似北国

山凹奇处
罗隐湾

罗璜菅草破腿叹④
脱口："柘洋好东山，会出虾蒙不出菅。"

百丈岩上极目远
群山连绵峦叠嶂

脚下村舍田如画
天空之城楼林立

龙溪如带贯南北
壮观日出和云海

仙人锯板最高峰
沿山脊线集中布

地势险峻峰岩洞
奇景绝顶

石

鬼洞岩、仙人棋盘、岩庵洞
飞石将军

千笋石、龟背岩、万书岩
旗峰插汉

天峰奇观、灵鼋听钟、仙人锯板
一线天、擎天一柱

旗峰插汉东狮山南麓最高峰
奇峰、怪石、幽洞目不暇接，眼花乱

仙人锯板、灵鼋听钟、万书林立、
擎天一柱、老僧传经，飞石将军
天工神斧

千笋石、飞棺岩、岩庵洞
奇峰怪石天上来

普悦洞天山崖、竹林、寺庙观
觉性禅寺、蝙蝠洞、骆驼峰上幽雅别有天

水帘洞里水珠溅
天女散花来人间

玉女峰上轻纱绕
婷婷玉立在山涧

骆驼峰、通天古藤、蝙蝠洞
无不令人心驰神住浮想中

龙井瀑布
溪涧、峡谷、潭、溪

北麓丹崖翠谷间
龙溪、龙溪湖，九曲小溪夹岸绿

乘竹溯溪山寂寥
云雾朦朦花迷离

九曲磅礴高达百米
飞流直下脚边

水落潭中惊天地
水雾迷蒙绚彩虹

洗心山泉净悲欢
潭水深处灵旖旎

春分前、秋分后
双双对对鸳鸯伴

石

仙都胜境田园村居里
梨坪、彭琪垄自然村

长尾雉、黄头雉、真鸟仔、鹁鸪、翠鸟、画眉
百啭千声随意啼，山花红紫树高低

山水畅游于林泉下
鸟儿低吟浅唱

桃花、樱花、百合、空谷幽兰，杜鹃遍野
满山红、白、黄、紫，艳

白素高洁红热烈
顾盼生姿逢国色，何处觅香天

水杉、柳杉、罗汉松
弥猴桃、银杏、林檎

三曹院、普光寺、白马宫
中部还有青云宫

南麓觉性寺，山下龙兴庵
马仙观、东峰寺、广福寺、仙屿、孔氏家庙、
三清观

鳌鱼山临清溪
形如半月沉江

山麓处白云缭绕，不散祥光闪烁

白云古刹景清幽
半月沉江吉水流

南麓的后井、洪坑、石箭、石斧
前楼汉唐古币

碗窑村的宋时窑
唐宋年间陶

山麓下的"泰安宫"
袁天禄义军练兵忙

游朴墓
石亭、石坊风骨透

石

香辣可口牛肉丸
东狮山中美食多

乌米香甜饭
春菊糍盈盈的绿意寻春味

魔芋、珠蚶、剑蛏、鸳鸯面
还有光饼随便尝

平倭戚家军
干粮随溪美名扬

人杰地灵处
天然芳香

**02**

水浒桥<sup>①</sup>——世界最美的木石桥

石

注

① 水浒桥，原名东源桥，位于柘荣县东源乡东源村，1335年（元至元元年）始建，1534年（明嘉靖十三年）、1751年（清乾隆十六年）重建。贯木拱廊屋桥，南北走向，桥长43.2米，单孔，拱跨25米。桥屋梁架左右，共18缝，每缝6根立柱，计108根立柱。

② 柘，桑科，柘属落叶灌木或小乔木，高可达7米。柘全身

溪水云上来
清澈两岸

踏遍万水千山
荆棘脚下

足不及处
波澜一桥通途

人间至远
多少悲欢

春雨夏暴秋波
寒冬天空云暖

木石前缘
金沙溪畔

波光里的艳影
缠绵在杜鹃的香肩

是宝，茎皮纤维可以造纸；根
皮药用；嫩叶可以养幼蚕；
果可生食、酿酒；材质坚硬
细致，可做家具；木心部黄
色，可做染料……

红豆杉摇曳着难忘
樟树叶河流连

日月穿梭桥下
古圣先贤风中

岁月如刀
风吹雨打依然

木石为柘②
通体泽芳世人

美不是虚幻
所及皆深刻着思想

石

一桥南北
长寿乡里

毫无关联的质地
相携支撑

根根相连的团结
柘荣

# 03

鸳鸯草场[①]

石

注

① 鸳鸯草场，位于柘荣县东源乡鸳鸯头村，海拔 980 米至 1110 米之间，面积近万亩，是我国南方少有的生态宝地，福建省最大的天然草场。

② 目海尖，又名望海峰，位于柘荣县东源乡杨家溪村东南侧，海拔 1192.4 米，介于柘荣、霞浦、福鼎三县（市）交界的崇山峻岭之中。海拔近千米处，柘荣界内有一天

茫茫东海脚下
北望太姥东狮水
霞浦探视"目海尖"②
柘荣南山福安里
远眺群峰碧野

鸳鸯石上风雨
无树可依的灵魂
绿波四溢

繁星璀璨天地

连绵起伏的群山
翠绿温馨辽阔
草山蓝天花石上
春绿夏翠秋黄
冬日万亩雪花忙

茫茫天地
烟波万里
一花一草一世界

草绿芳远

然岩洞可容数千人，民间传
说有神仙驻守在此显灵佑民，
香客如云。

# 04

柘荣高山杨梅

石

龙晴、朱红高山巅<sup>①</sup>
颗粒饱满千金

初春风花细
六月满山红

范蠡之血西施泪
酸甜其中

望梅止渴的远方
浓情凝脂枝头

葡萄、荔枝
芳邻溢美

千林红处夏风
酸爽心上

高山精华
生津止渴

天空之城
长寿的秘诀都不私藏

05

石

① 柘荣苏家洋村，地处楮坪乡
　西南部，桂人溪穿村而过，东
　至社坪、西至松茂林。

② 引南宋杨万里《秋山》句。

碧荷塘里清波
桂人溪水穿村过
古廊桥上清风
鲤鱼浪中清翅卧

木石锦履水上
千年古道绿
家园牧歌土中
梯田倒影雨

鸿泽福地水蜜桃
脐橙、玉米尖
蕃茄下面砂糖橘
都过天眼

残荷听风都是雨
番石榴下
球芽甘蓝边
耕读传家

村乡老树已千年
麦浪流连
花开花落地偏
路曲向前

乌白平生老染工
错将铁皂作猩红
小枫一夜偷天酒
却倩孤松掩醉容②

萱阁凝釐
举人府邸今犹在
山凸石挡静远
人去楼空匾额

潺潺流水东去野
河床隐约红鲤
悠悠青苔点点
锦履桥下

石

乔木林鸣蝉
幽水静珠溅流水
石上洞、谷
浓密河草水醉

# 06

柘荣太子参①

石

注

① 太子参，中药名，是石竹科植物孩儿参的干燥块根。分布于辽宁、内蒙古、河北、陕西、山东、江苏、安徽、浙江、江西、河南、湖北、湖南、四川等地。具有益气健脾，生津润肺之功效。常用于脾虚体倦，食欲不振，病后虚弱，气阴不足，自汗日渴，肺燥干咳。

② 广生堂、力捷迅、今古通、新生命、中食北山、西岸……柘荣太子参深加工企业名称。

群峰山上客
沃土长寿根

炎炎夏日纤手出
山野香风泥中

广生堂里力捷迅
今古通上新生命

中食北山西岸绿②
海西药城群峰

一根健体强身体
众生皆可共享

风风雨雨在山野
天地精神入根

长寿乡里慈颜
不老黄昏

07

高原的夜雨……

石

高原的夜雨
穿过时空
嘀嘀地敲打古钟

丽江的高山雪水
沿着山涧瀑布

戴着口罩的夜清寒①

谁在仰望
谁在幽谷

雨清清楚楚
所有的污迹
被荡涤通透

# 08

睡莲①

石

注

① 睡莲，多年生浮叶型水生草
本植物。
花期 7—10 月，昼开夜合。
全世界睡莲属植物有 40—
50 种，中国有 5 种。
睡莲可分为耐寒、不耐寒 2
大类，前者分布于亚热带和
温带地区，后者分布于热带
地区。
自古睡莲同莲花一样被视为
圣洁、美丽的化身，常被用
作供奉女神的祭品。
睡莲除具有很高的观赏价值

有多少污泥浊水泛滥
一尘不污的身心
自净深远
盛开成水中女神

洁净、纯真的妖艳
八月的芬芬
静眠在午后

那么多的清香
幽远在人间

圣洁、美丽

外，睡莲花可制作鲜切花或
干花，睡莲根能吸收水中的
铅、汞、苯酚等有毒物质，
是城市中难得的集水体净化、
绿化、美化为一体的植物。

# 09

暂别昆明诸友①

石

注

① 29 年后，我受邀再至昆明，举行 2020 年度文爱艺新著全国分享会春城签售会，结交了几位一见如故的朋友，因需去其他地方签售，暂别诸友。

春城高原上
触手云天温柔

登高一识兄弟情
酒中野菌天香

人海茫茫
都在匆忙

相逢恨晚执手
暂别为重逢

云路一行天地阔
相握温暖人间

# 10

靴岭尾①

石

注

① 靴岭尾村，位于柘荣县西北部，海拔 685 米，辖 3 个自然村，分别是上洋、下洋、里洋。

② "熏桃""红颜""白雪公主"是靴岭尾村种植的草莓品名。

③ 雷竹，禾本科，刚竹属早竹的栽培种。竿高可达 10 米，幼竿深绿色，节暗紫色，老竿绿色、黄绿色或灰绿色；竿节最初为紫褐色，节间并非向

"熏桃""红颜"
"白雪公主"岭上红②

奇石如靴
村头

三洋
风景世界

高山白茶入口
入眼皆是情风

画中的村
村中的画

分枝的另一侧微膨大，而是向中部微变细。竿环与箨环均中度隆起。箨鞘褐绿色或淡黑褐色，有不规则分散的大小不等的斑点，还有紫色纵条纹；箨片窄带状披针形，外翻，绿色或紫褐色。叶片带状披针形，花枝呈穗状，佛焰苞内生假小穗；外稃背部有短柔毛疏生；内稃疏生短柔毛；笋期在3月开始，4—5月为其花期。

四季遍野山里花
巧手剪出纸中凤

雷竹幼竿深绿③
节节都是高升

遍野寸土皆金
太子参里乾坤

绿色村庄新学堂
种地的皆是文化人

高山山水水长流
文化化人人为峰

# 11

半岭①

石

① 半岭村，位于福建宁德柘荣县英山乡西南部，北与何家山、英山村相邻，南与李家山村相连，东与田头洋村、凤洋村接壤，西与福安上白石沙坑村交界。全村下辖4个自然村（半岭、老富弯、长洋、雷米丘），村民以茶叶、药材（太子参、白术）种植为主，以养殖业（肉兔）为辅，引进种植乌龙茶200亩，新建茶叶初制厂2座，引进一批乌龙茶加工设备。被列

旖旎静谧村落
房车顶上满天星

交溪大峡谷
绿海深处日出月落

岭上人家云上
山茶花香道里

半岭、老富弯
长洋、雷米丘

峰峦叠嶂
青山盎然滴翠

猕猴桃林疏花
授粉一派繁忙

萌兔园里灵兔
一跃山林

为省级社会主义新农村建设
"百村示范联系点"。

② "碧里青",荣获宁德市"茶
王杯"金奖。

③ 三清六改,指新农村建设正
在进行中的清垃圾、清淤泥、
清路障,改路、改水、改沟、
改厕、改厨、改浴。

悠然民俗营地
英山乡里半岭村

白术、茶叶
灵芝、黑木耳

山风清新雨中
绿叶丛里一枝红

茶王"碧里青"②
青在山冲

对视九龙井
抬头东狮山

仙都胜境里
凤岐吴氏宅相邻

夏长不酷暑
冬短少严寒

太子参汤、江南一丸
彭山翠芽、宁德肉丸在锅底

石

造竹园里种果
三清六改③

草菇、豌豆、花椰菜
白萝卜、小芋头

葡萄藤下
夕阳红

山泉水里小龙虾
饕餮宴上珍贵

云海星河长寿村
仙山绿叶清溪水

入眼都是春
美在心中

# 12

袁天禄[①]

石

[①] 袁天禄（1331－1367），又名智，字礼文，号东山，福建福宁州柘洋（今柘荣县）人，明代开国功臣，建筑闽东最早的石构城堡"柘洋堡"，为抗倭做出了巨大贡献。

"柘洋堡"边柳花
六百年风风雨雨

双城松枝上
点点滴滴过往

聪明洞明一世
睿智智保一方

生前平叛乱
身后倭寇叹

短短三十七个秋
夕照残阳依然石上柳

跃马疆场一鞭
一方平安免涂炭

双城之父故里
天空之城清明

石上雨露静听
花开花落无声

朝夕过客
死生生死

山明水秀
人杰地灵

"文锦门"外龙溪
一川奔腾入海

不朽
岂在枕上书

石

石

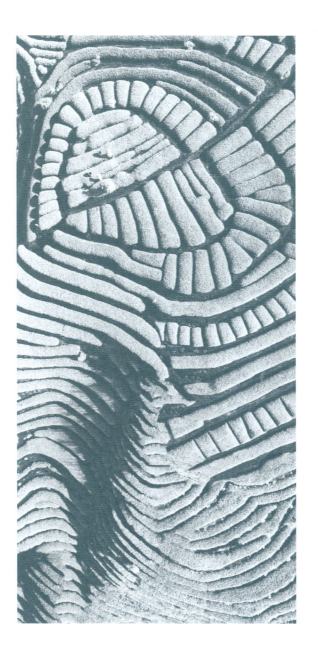

083

# 13

别丽江诸友[①]

石

注

① 31 年后，我受邀再至丽江，举行 2020 年度文爱艺新著全国分享会丽江签售会。曾接待过我的朋友，都一一故去，茫然不认识一个人。不停的雨，使我幸识几位朋友，度过难忘的几日，并结下了深厚的友谊，分别之夜，留别此诗赠诸友。

一场雨
通透的清凉
嘀嗒越过街石

清澈的高原水
沿着足迹远方

所有的邂逅都是重逢

一场地震
三十一年前的青春
被移动到哪儿了

那么多的激情
抚摸过玉龙雪松

被温暖的永远是纯洁

一场分别
在最后的三杯酒后
相拥一瞬

人生短暂
生死瞬间

只有真诚永远

卷三　草

柘荣茶王赛①

注

① 茶王赛始于唐、盛于宋，为
提升中国茶的品质及美誉度
起到不可估量的作用。

高山之巅荒野
天空之城月下

山溪水瀑
鸳鸯草场

吸天地之精华
积日月之灵性

一叶成形
天然为王

龙<sup>①</sup>
在
桥

02

注

① 龙在桥摩崖石刻开凿于宋宝
庆元年（1225），位于乍洋乡
石山村西南侧、龙在桥溪北
侧岩壁。石刻立面高 0.95 米，
宽 0.53 米，外边线条框成双
坡顶桥，两侧面明刻楷书 3
列："宋宝庆乙酉年""龙在
桥""景山众募缘建"。石刻
附近保留有原桥台遗迹。该
石刻是柘荣境内迄今发现的
年代最早的摩崖石刻。

② 石山洋，柘荣县第二大洋，素
有"柘荣粮仓"之称。

千层岩上磊石
溪峡蜿蜒风光

夹岸芷汀兰蔻
曲折途中

古道荒野深山
苍苔蟾蜍突兀

一线天上、石迷宫
石鼠、石门、石壁

沿途皆是迷景
鬼斧神工

古树、名花、异草
多少未知的芳名遍野

风情万种山上
一瀑沿谷水中

三级瀑布远望
无数泉溪天上

千丈深岩径流
细瀑都在水中

壶、穴、摊、列
圆、椭、深、浅

石臼龟头探水
蛇头吐信，蛤蟆啜饮

清泓之水溢出
晶莹剔透氲温柔

两岸茂树连山
联峰接势石上

凹凸层叠探幽深
溪床绿波清涟

隐龙之潭深谷
石山洋里卧龙②

一桥基柱石中
沧桑都不在面上

所有过眼都是云烟
只有天然不朽

中国僧服之都柘荣

注

① 郦道元《水经注·卷六·束
  水注》："地有固活、女疏、
  铜艺、紫范之族也。是以缁
  服思玄之士、鹿裘念一之夫，
  代往游焉。"

② 佛制，限于三衣或五衣。三
  衣是安陀会、郁多罗和僧伽
  黎。五衣是三衣之外加上僧
  祇支和涅槃僧。

③ 《根本说一切有部毗奈耶杂
  事》卷二九："佛的姨母大
  世主与五百释女，在劫比罗
  城多根树园，听佛说法，三

袈裟无垢衣
海青、衫褂、方袍、鞋袜
缁服思玄鹿裘念<sup>①</sup>

三衣内里郁多罗
僧伽黎、安陀会<sup>②</sup>
点净戒贪色成衣

紫而浅黑非正色
缁衣二杰
僧慧与玄畅

翩翩舞广袖
似鸟海东来
自言海东青

请出家而佛不许。佛从劫比
罗城去往贩苇聚落的时候，
大世主与五百释女便自剃头
发；著赤色僧伽胝衣，追随
佛后，一直到相思林中因阿
难的恳求，才得到佛的允许
而出家。"

④《摩诃僧祇律》卷二十八：
"比丘不听着上色衣，上色
者，丘伕染、迦弥遮染、俱
毗罗染、勒叉染、卢陀罗染、
真绯、郁金染、红篮染、青
染、皂色、华色、一切上色
不听。应用根染、叶染、华染、
树皮染、下至巨磨汁染。"

形如稻
色如莲
赤衣披兼色

多根树园听佛法
劫比罗城贩苇
赤色僧伽胝衣③

根染、叶染、花染
青染
华色红尘④

三千威仪颜色
弥沙塞部者
究畅玄幽⑤

若皮、若叶、若花
五味天竺⑥
比丘多

⑤ 《大比丘三千威仪》卷下：
"萨和多部者，博通敏智，导
利法化，应着绛袈裟。昙无德
部者，奉执重戒，断当法律，
应着皂袈裟。迦叶维部者，精
进勇决，弥护众生，应着木
兰袈裟。弥沙塞部者，禅思
入微，究畅玄幽，应着青袈
裟。摩诃僧祇部者，勤学众经，
敷演义理，应着黄袈裟。"

⑥ 《一切经音义》卷五十九：
"诸木中，若皮、若叶、若
花等，不成五味，杂以为食
者则名迦沙。"

水田形状
稻畦畔分明
贮水嘉苗形命

润利之水
三善之苗养法身
慧命在根⑦

多年鹿车漫腾腾
虽着方袍
未必僧

修行衣善慧
满头白发
待燃灯

群峰天庭里
了尘
玉琳、德翔、弘福⑧

⑦ "三衣"的剪裁缝合作水田
形状，又名田相衣、水田衣、
割截衣。《僧祇律》："佛
住王舍城，帝释石窟前经行，
见稻田畦畔分明,语阿难言:
过去诸佛，衣相如是，从今依
此作衣相。"《增辉记》：
"田畦贮水，生长嘉苗，以
养形命；衣法之田，润以四
利之水，增其三善之苗，以
养法身慧命也。"

⑧ 了尘、玉琳、德翔、弘福，柘
荣中国知名僧服企业名称。

柘<sup>①</sup>
荣
剪
纸

04

注

① 柘荣剪纸，历史久远，寄托
了天空之城、长寿之乡民众
对美好生活的追求和向往。

不是巧手
化纸为美

而是心灵
逾越了高度

一张张平凡的纸
被智慧赋予了力量

一把剪刀
强烈的信仰喷涌

福禄寿喜
婚丧嫁娶、生老病死

人间的烟火
繁衍的气脉生生不息

祈福驱邪
生活沃土

质朴天真
大美

乡村星夜……

注

① "惊蛰"，原称"启蛰"。因避汉景帝刘启之讳，"启"字被改为意思相近的"惊"。入唐后，"启蛰"的名称又被重新使用。之后，于开元年间重新修订的《大衍历》中再次使用"惊蛰"，沿用至今。

② 菩提树，桑科、榕族、榕属乔木植物。传说2000多年前，释迦牟尼在菩提树下修成正果。

乡村星夜
惊蛰启蒙①

遍野菜花香入骨
醒酒失眠寻踪

菩提窗下
南国移植江北②

多少心血
经霜依然吐艳

丽影芳华
风吹雨打

人间奇迹
何处不历经沧桑

不朽风骨
天地

受蕲春菩提村张国成书记之
邀参观"胡风纪念馆",夜
宿村中,窗下即是书记从南
方移植的大菩提树;感于书
记所言所行,夜不能寐,寥
笔如上。

石
山
洋①

注

① 石山洋，柘荣县现存的一处
  "桃花源"。

② 陶思渠（生卒不详），又名
  芝田，人称阿程先，石山村
  人，清光绪年间附贡生。自
  小勤读经、史，习医，临床
  实践中总结经验，治病一二
  贴药即愈，人称"一帖仙"。
  名扬福宁府县和福州府、浙
  南等地。

石山溪畔鹅掌楸
龙井瀑布石臼

碧波群山婉容
"陶园"仿佛水中②

乍洋石山路路通
田亩沟渠溪流

满眼春山稻花香
绿色海洋波浪

桂花树边村落
"柘荣粮仓"

荷塘夜色温柔
暗香幽思水从容

天空之城小盆地
水田、旱地、林场

竹海、茶乡
"福清嘉叶"菜蔬

"鹏飞农林"二百亩
玉山电站容量

群山繁星容光
夜色撩人乡里

鹅掌楸叶奇花美
新叶初展花盛宴

九枚花被三层
外三片绿向外

内轮六片黄绿
朵朵似杯

乍洋鹅掌楸王
树洞容纳心胸

石山溪畔古朴存
诗中山水

千姿百态瀑布群
俊美秀丽峡谷

云雾缭绕千亩
宁静安详村落

阡陌纵横竹海
时间仿佛挽留

中秋节

又一次清洗江山
多少悲欢离合人间

满满的新光天地
谁逃脱过你的清远

万万年流逝
只有你岁岁年年

那荣辱消失的匆匆过客
有多少红颜转瞬白发

中秋的雨
通透在地里

满月的光
亮闪在天上

思念
一望无际

这中秋的一轮
把通晓的一切都一一传递

你抬头所见的
不是月亮

那是我的思念
在燃烧

佳里湖<sup>①</sup>

注

① 佳里湖，柘荣楮坪乡湖头村
　山顶上的湖泊。

山上天然一湖
野花护荷水中

赤橙黄绿青兰紫
竹海梯田稻香浓

芦苇荡雨露
衣袖清风

沿途格桑花
睡莲静眠其中

云鹤①

09

注

① 云鹤，鹤庆县别名，位于滇西横断山脉南端、云岭山脉以东，东有金沙江与永胜县分津，南与宾川县接界，西与剑川县、洱源县接壤，北与丽江市毗连，是"四好农村路"全国示范县，被誉为"高原水乡"。

云鹤

一路天上云

龙潭高原水乡


风中玉带云腾雨

白鹭群栖古松


江山一目了然


武皇元鼎滇王汉

鹤庆益州郡叶榆

大理喜洲


诸葛南征

群峰路转胜战后


洪武鹤庆军民府

云鹤、辛屯、草海、松桂、西邑、黄坪、龙开口
金墩、六合彝族
七镇二乡

"家家有手艺，户户是工厂"
云鹤楼上"文武通达"

草海湿地
东南西北
淡水湖纵横小溪沟渠

田畴
漾弓江相连

河渠纵横

春柳依依夏荷红

秋芦花飘舞

冬日候鸟云集


鹤飞、天鹅、白鹭

蜂鹰、栗鸢、苍鹰、松雀、大黄、绿头鸭


都是越冬水禽

柏

10

风里雨中
日月黄昏
朝露夕阳
暮依然春

交能①

注

① 交能，福建交能控股有限公司的简称，是一家集能源、环保、旅游、科工贸等多种经营为一体的综合性集团，由致力于工业园区综合能源利用领军人物谢秉祥先生创立。

② 龙溪，柘荣柳城的母亲河。

③ 龙在桥，福宁古道山涧古桥，位于乍洋乡石山村西南侧岩壁旁。

④ 柳城，柘荣别名，谢秉祥先生的家乡。

交能
龙溪奔腾<sup>②</sup>
生生不息

一方人养一方土
人杰地灵江山如画中

孝德长寿了柘荣

沿着古道
越过万水千山
蜿蜒在坎坷的山路

穿山越岭
龙在桥下飞瀑<sup>③</sup>

美丽青山绿水

从柳城<sup>④</sup>
到福州
大上海上从容

城燃交热电
厚积薄发新能源

睿智天下

金山银山
聚英才
未来脚下

极目远方
辽阔心胸

仙境人间

陈桷①

12

注

① 陈桷，柘荣湄洋陈氏四世祖。

② 1154年（绍兴二十四年），陈桷担任广州布政司副使期间，有上百艘外国商船在海上遇险，他亲临海边协助抢救，专门搭盖五十多间房屋存放搬运上岸的货物，派人守护，提供茶饭。商人深为陈桷义举感动，相赠价值三万八千多贯钱的宝物，他当场拒绝，并如实报告朝廷，广州廉举杨送诗赞道："囊橐来时似去

"身如竹叶心如水
不带江南一线归"②

"高山不受暑
秋到十分凉"③

御批一品国葬
诏书千里护灵柩

"各州衙卫沿途开路
逢水造桥，逢州州接，逢县县迎"

探花府第门前
跨街石夹坊

时，如公清白古今稀。身如
竹叶心如水，不带江南一线
归。"

③ 陈枏吟《广化寺》诗："高
山不受暑，秋到十分凉。望
外去程远，闲中度日长。寺
林投宿鸟，山路自归羊。物
物皆自适，羁愁逐异乡。"

④ 陈枏有《合掌岩》诗："合
掌仙峰插汉高，下临沧海压
波涛。看来疑是金仙子，无
相光辉礼玉毫。"

御题"守介不移"
金书：陈桷

《宋史》"其节有足称"
《一位不该被历史遗忘的清官》

起起落落的人生
荣辱悲欢

夕阳余晖墓畔
五世仕宦云烟

"风"形墓西北向
广化寺后马鞍山

"合掌仙峰插汉高

下临沧海压波涛"④

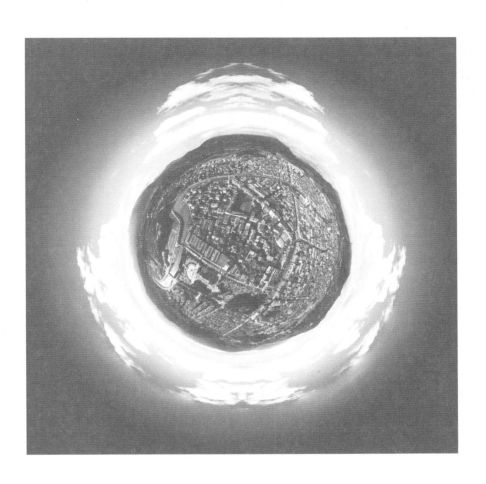

初访别柉荣诸友①

13

注

① 2020 年文爱艺新著全国分
享会受邀首发始于天空之城
柉荣，首访此地，惊于其自
然之美，感于长寿之乡人情
之暖，不忍别去。世俗匆忙，
再踏征程，寥寥数语，留别
诸友！

太姥极峰东山顶
繁星触手听语声
溪水纵横眼中眠
紫砂石英辉绿岩
一瀑飞天九龙舞
天空之城月宫前
凤岐大宅苍桑田
雕梁画栋木石缘

群峰耸峙雄风里
柔媚挺拔秀云烟
石臼奇观龙井上
鸳鸯草场悲与欢
蝴蝶山上多雨声
绿波腾空天地宽
文魁英山石古兰

溪泉山野枝上绿
高山白茶在峰巅
玉手采摘清泉酿
红颜若雪亮人间
东接福鼎西福安
长寿乡里红尘远

一纸纤纤指上声
悲欢荣辱皆从容
水磨淬火闽锋出
一剪山上天下红
人杰地灵烟雨中

闽浙咽喉古风存
繁衍不息永安桥
茶道寿乡龙溪上
水浒木石金沙耀

一庭高朋座上席
往来天上无白丁
笑谈古今皆云雨

一日之欢不是酒
长寿乡里柘荣

一别悲欢

01 双城①

注

① 双城城堡，位于柘荣县双城镇龙溪上游东北侧和下游西南侧，俗称"上城"和"下城"，合称"双城"。
两城隔溪相望，相距约百米。下城，又称"柘洋城堡""柘洋巡检司城""柳城"。1361年（元至正二十一年）始建，袁天禄倡筑。1532年（明嘉靖十一年）重修，清代废。城墙用卵石砌造，民国《霞浦县志》载"周长840丈，高1.5丈，厚1.7丈"，上有巡

柳城

女儿墙上跑马道
倭寇屠刀哀叹

"纳福门"前瓮城柳
白絮飞向龙溪

"迎龙门"上苍松
风风雨雨夕阳

"拱仙门"外行车忙
群山静眠尘烟

行道、女儿墙。设有宣寅门、纳福门、拱仙门、迎龙门、小北门等 5 个城门，其中纳福门外加筑瓮城。现存城墙两段计 226 米。

上城，又称"东安新堡""龙城"。民国《霞浦县志》载，是明代晚期为了抗倭而建。城墙用毛石砌造，周长 910 米，高 4.1 米，基厚 4.5 米，上筑女儿墙。东、南、西、北分设迎龙门、仁寿门、登龙门、衣锦门。1976 年后，因城市建设需要，拆除城墙三分之一多。1997 年修衣锦门和北段城墙。现存城墙 566.2 米。

"宣寅门"楼何处
"小北门"前人匆匆

城池变了
天地依然春秋

龙城

龙溪石上青梅汁
"迎日门"喜春雨

毛石"东安新堡"
"衣锦门"外寒风

"登龙门"西夕阳红
"孝德之乡"葱茏

"仁寿门"南逝水
坎坷不平归海

隔水相望城石冷
乡亲热血水温

春夏秋冬犄角里
夹角而立群山中

02

归泗桥<sup>①</sup>

注

① 归泗桥，坐落于柘荣富溪镇富溪村旧街尾，始建于 1187 年（宋淳熙十四年），由富溪袁鉴元倡建，1788 年（清乾隆五十三年）重修。桥全长 25 米，宽 4.6 米，高 7.3 米，是木构单孔悬臂式廊屋木拱桥。桥面建 10 扇 40 柱木亭，廊屋高 3.8 米。此桥是柘荣县现存历史最久的古桥。廊桥取名"归泗"，原义是指武陵溪系富溪主峰幞头山的四条龙洞汇聚而成，有"财、禄、寿、禧""泗水归堂"

"古溪""库溪""下吴""富溪"②
自古尚武"武陵"

一水诞生古桥
青石座上杉木

九竖二横成架
五架单悬穿斗

木质伸臂交错
不用一钉拱构

跨溪连接两岸
千年风雨不朽

的愿景含义。相传建成两年
后，廊桥谶语应验，"归泗
桥"果真让富溪熙攘富庶起
来，登科及第的秀才辈出。
"有智水而居者"，将"库
溪"更名为"富溪"。

"皇明开国功臣"袁天禄，归
降朱元璋后，免去了闽东一
带的兵火蹂躏。在他厉兵秣
马回到家乡建造"柳城"后，
乡亲们感念他的功绩，将"归
泗桥"更名"归驷桥"。

② 富溪，旧名古溪，隋代改称
"库溪"，唐贞观末改为"下
吴"，宋淳熙十六年（1189）
改为"富溪"。

福安、黄柏、福鼎
浙南、柘荣必经地

仰观山川形胜
俯视清流游鸭

旧街新道
马樱丹红溪边

桥西客栈古屋
商贾游客流连

廊柱栏臂作坊
行人旁息两边

风雨板壁河上
桥水清溪千古

"东卓蓬莱拥富溪
一条带水绕东西"

"八闽雄关
莫若福宁形胜"

③ 此为此桥初建者、库溪豪门
袁鉴元的诗句："回峰叠嶂
绕庭隅，散点烟霞胜画图。日
着华轩卷长泊，太清云上对
蓬壶。"

"千峰耸秀
古道遥临"

"回峰叠嶂绕庭隅
太清云上对蓬壶"③

溪水潺潺
十里稻香

富水河畔油磨坊
茶油香远

古道两旁
店铺林立

熙熙攘攘
淳酒佳酿

丽人溪畔
多少相思水中

# 03

石古兰①

注

① 石古兰，村名，位于柘荣英
山乡东部，南与凤洋村交界，
北与桦岭村相邻，西与田头
洋村接壤，东与城郊乡南岔
村对山相望。
全村下辖2个自然村（石古
兰村、中当山村）。
这里气候清爽宜人，四季分
明，雨量充足，盛产太子参、
毛竹、茶叶等。
境内有两个水电企业（石古
兰一级、二级电站）。

② 引自唐韩愈《石鼓歌》句。

③ 相传这里的村民是避战乱而
迁徙过来的中原贵族，因满
山遍野皆猴，需围栏距之，石
鼓驱之，故称之为"石鼓栏"。
时代变迁，旧石鼓被遗弃在

鸾翔凤翥众仙下
珊瑚碧树交枝柯
金绳铁索锁纽壮
古鼎跃水龙腾梭[②]

石鼓为栏石古兰[③]
石鼓栏上古石难
古道遗迹荆棘里
荆棘丛深难成欢

长寿乡里少人烟
所遇皆是八十三
祠堂高悬文魁匾
文脉深山木相传

神清气爽天水长
众山月小天地宽
古石碎岩野岭上
山茶花下溪成滩

一芳泽艳清泉水
毛竹林风山上眠
夹道山石峰顶绿
登高极目非眼前

山野荆棘中，其名演变为今
之"石古兰"，此雅号已被茶
企注册为"石古兰"柘荣高
山白茶名号，希望他们托古
意而明今志，一路顺畅，不
负雅号。

**04**

再别福鼎诸友①

注

① 新知旧友都难忘，一笔枕上
  书，天高水长！

太姥覆鼎石上峰
秦屿街头旧影
海风雨中情
故人何处

柘荣忍别心头月
冷城繁星潋滟
新知旧友别
酒波里面

九鲤溪水小白鹭
山岛上鸳鸯
一枝绿雪芽
白毫幽香

牛郎岗里一线天
海浪暖沙夕阳
礁石滩头风
都在心上

05

破①
独

注

① 破独是目前天空之城柘荣今
古通企业生产的独一无二的
柘荣高山白茶天然饮品。

② 龙在桥，福宁古道山涧古桥，
桥虽消失在历史的尘烟里，
但桥名匾额依然清晰，桥基
残墩在溪水泉流中静待着它
的修复者。

③ 白钻石，柘荣高山白茶品牌
的代表。

破独
今古通

一叶茶香
经络舒

相逢一笑倾城
肝胆相照清楚

天空之城瀑布群
龙在桥下泉溪②

成川都是凝聚
点滴穿石芳馨

白钻石上清露③
长寿之乡光荣

没有污染的江山
浩然之气充盈

一杯通大道
入喉贯古今

月下相逢一吻
流韵通透心情

# 06

柘荣山茶油①

注

① 山茶油，取自山茶科山茶属油茶树的种子。制作过程为：去壳，晒干，粉碎，蒸，榨油，过滤。茶油中不含芥酸、胆固醇。茶油中不饱和脂肪酸高达 90% 以上，油酸达到 80%~83%，亚油酸达到 7%~13%。它所含的丰富的亚麻酸是人体必需而又不能自我合成的。

花开寂寞在山涧
芳香浓缩果园

角鲨烯里抗疲倦[2]
富氧入骨

万般孤独在荒野
坊间千锤百炼

一生清寒
化为油花暖人间

[2] 角鲨烯，又名三十碳六烯，化学式是 $C_{30}H_{50}$，是一种在人体胆固醇合成等代谢过程中产生的多不饱和烃类，含有 6 个异戊二烯双键，属于萜类化合物，具有耐缺氧、抗疲劳、润肤、保湿等功效，很多食物中含有角鲨烯，山茶油里含量很高。

07

华莉丝·迪里①

注

① 华莉丝·迪里（Waris Dirie），
国际超模，生于索马里，当
选福布斯 30 位全球女性典
范之一，被誉为"非洲女权
斗士"。
43 岁的迪里因拍摄香奈儿广
告而成名。
1987 年出演詹姆斯·邦德影
片《007 系列：黎明杀机》；
1996 年，她发起了抵制女性
割礼的活动。
华莉丝（Waris）在索马里语
中的寓意是"沙漠之花"。

苦海里盛开的玫瑰

恶毒
常以无知
掩饰残忍

卑鄙总是用礼法装饰虚伪

塞纳河上的浮尸
惨白的丽影
倒映着人的苦涩

沙漠之花

朵朵唤醒
装睡的灵魂
血腥拷问人生

露华浓情蜜意

美丽佳人
不是苦难浇筑了美
而是美永恒了人

# 08

146

注

① 柘荣海拔高，气温低，一碗
   酸辣牛肉丸驱寒养胃。

② 鼠麹草，菊科，一年生草本植
   物。茎叶入药，为镇咳、祛
   痰、治疗气喘和支气管炎以
   及非传染性溃疡、创伤之寻
   常用药，内服还有降血压的
   疗效。

③ "借团念果""土地神生
   日""社风不怕水牛大"，此

**牛肉丸**

酸辣鲜香御清寒①
脆滑柔韧爽口深

山野村夫走卒
达官显贵美人

一碗在手中
众生都平等

**鼠麹糍**

鼠麹草上清露②
满山遍野清香

互生叶上花序
止咳化痰平喘

为鼠麹糍的三大传说。

④ 乌饭树，杜鹃花科越橘属植
物。

⑤ 泥鳅被誉为"鱼中人参"。

糯米、面粉烙成饼
福、禄、寿、喜皆入模

"借团念果""土地神生日"
"社风不怕水牛大"③


## 油卷面


米浆铁盘上
秘制肉酱葱头油

油而不腻
鲜嫩滑口

香气扑鼻
滋阴血脉

保健养生
万事顺畅

走街串巷美食
可遇不可求

### 金樱花饼

金樱花开
米浆、面粉烙饼

密生细刺白花
固精涩肠、上下通畅

漫山遍野春夏间
清热、解暑、去毒

花瓣米浆中
微火焦黄外酥里嫩

清暑化湿、顺气和胃
保肾壮腰、强身健体

大自然的馈赠
众生花下皆平等


**乌饭**


乌饭树叶、南烛叶④
"辟谷""上仙灵方"

青黑润亮可口香
甘平补髓灭三虫

常食明目黑发
益颜、强筋骨

乌饭树花白
浆果紫黑入糯米

鲜菜、肉末、香菇、蜜枣、葱叶
外加枸杞、潞党、杜仲

齿颊生津
别有清香口中

## 扁食

上等精白面粉
手工揉压柔和

猪后腿上精肉
剔筋锤打馅泥

温火骨髓清汤
出锅几乎透明

皮薄馅多滑润
清爽入口即化

食材工艺讲究
温暖都在手中

## 泥鳅面

泥鳅醉了
入面中

滋阴、壮阳
补气血

肥沃田地"鱼中参"⑤
红糟、笋丝、姜丝、蒜蓉慢火煨香浓

葱头、葱花、辣椒红
浮肿、痔疮无影踪

**秋菊饼**

金秋菊花爆满山
炉边火红温暖

酥嫩都在手上
古老的滋养

美味回荡口中
美好记忆心里

09

柘荣青茶①

注

① 柘荣青茶，种植天然，很好地避免了农药残留问题。制作过程分天、分批、分区域，分早上、下午，选材十分严谨，原料皆来自老茶树，树龄少则30年，长者达100年以上。

高山老茶树
百年天然风雨

一年一采
无农残

绿茶的鲜爽清幽
红茶的甘甜浓醇

白茶的清纯温柔
都糅合其中

高香味厚
盖碗飘溢

浓香扑鼻齿留香
初恋的感觉沉杯底

游氏仙姑①

注

① 游氏仙姑生于公元 474 年
（北魏孝文帝延兴四年），家
住河南光州固始县，本为官
家小姐，名门闺秀。

她一生行善，被广为传颂，赐
封为"游氏仙姑"。民众敬其
善心、义举，立庙奉祀，以
示纪念。

唐末，黄巢起义，河南动荡
不堪。王绪、王审知兄弟起
兵南下，游氏先祖游瑸公随
军迁徙，携仙姑香火来到福
建。在王审知治闽期间，瑸
公宦建阳，就当地长平里奉
祀香火。

黄柏村里古井
源远流长

神
不是来自天堂

因为怜悯
所以大爱

多少贪欲横行
最终都获唾弃

黄柏乡里古风存
层峦叠嶂仙姑魂

山谷塘波风
流韵台海一家亲

多少瘟疫横行
最终都是泡影

至 1037 年（宋景祐四年），
迁祀长溪县土家山（今霞浦
游家山）。1064 年（宋治平
元年），柘荣县游姓第一世
祖游时公迁入黄柏，又从土
家山迁祀之。
至今，河南固始、武夷长平
里、霞浦游家山的游氏仙姑
行宫已不复存在，因此，黄
柏乡游氏仙姑行宫被奉为主
宫，为游氏仙姑祈福文化发
祥地。

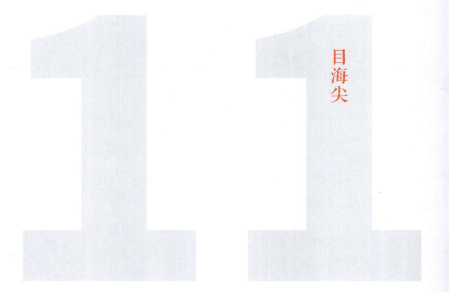

目海尖

锐气入云峰
绝顶豁然心胸

人间悲欢荣辱
不过是小儿几声夜啼笑哭

极目世界
群山渺小

重峦叠嶂
云雾隐约万壑

脚下路石
巨岩倾出

茂盛柠檬树
宁静清幽

岩缝泉声破寂寞
道佛岩壁凹凸

密密麻麻香脚未燃
几点青烟

正月初一到十五
霞浦、福鼎、柘荣

毗邻一脚踏三县
鸡鸣皆知

纷至沓来拜佛香
来年新安吉祥

仙洞凉亭
山远目近

清高冷傲不是雨
冰顶寥落

贫脊山峦松
风骨依旧凛然

一池清泉洗乌云
清澈蓝天

杜鹃红满坡
柔肠千山万壑

巉岩山顶风
一轮明月心窝

# 12

郑宗远①

注

① 郑宗远（1471—1559），字
思明，号乔岳。明代福建柘
荣县楮坪仙岭村人。
郑宗远乐善好施，毕生修路
建桥，建成从仙岭经榴坪，过
福安沙坑至雷公亭的一条长
达 17.5 千米的贯通寿宁、福
安、柘荣三县之间的石路。并
在中途的福安县白石沙井渡
口处，设置渡船一只，置买
渡田，雇人划船，免费让行
人过渡。

群山仙岭街石
江山风雨

一条贯通三县路
福宁古道泽四方

"日桥"月下溪流
"月桥"日上陈迹

暗坑木拱廊桥
穿心岩上偈语

沙井大头溪
设舟免渡

郑宗远还建造通济桥、利济桥、局前桥、日桥、月桥、暗桥 6 座桥梁，以及井前亭、种德亭、留芳亭、长冈亭 4 座凉亭。

渡亭一座"种德亭"
"歇亭"置蔬"留芳亭"

桥通途
亭避雨

渡船一撸波澜
彼岸通途远方

放眼江山天际流
岸上架桥水济舟

横空架木"利济桥"
源头活水通济

溪河漫漶
碕漓坑

通济桥边夕阳红
游朴题词墓碑中

龙凤山上一仙翁
"巧破红崖巨石"

"鸟道崎岖"成过住
陋室"庆远堂"远芳

13

再别柘荣

马樱丹红村边柳
一溪清澈心胸

佳人古城香波
一路风和雨

新旧成古今
生死相依

万水千山
今古通

归海处
汹涌

柘荣
树

大美无言
壮丽人间

后语

跋诗

拓

荣

柏荣<sup>①</sup>

柏荣

注

① 柏荣，原称"柏洋"，别名柳城，福建省宁德市下辖的闽东北的内陆山区县，位于福建省东北部，东接福鼎，西连福安，北邻浙江省泰顺县，南靠霞浦。主要溪流有龙溪、交溪、西溪和东溪等。是"闽浙咽喉"。

有"中国太子参之乡""中国民间文化艺术之乡"（剪纸）、"中国长寿之乡"等美誉。

据《读史方舆纪要》载："柏洋东山，东望海外数百里。"

② 柏荣县辖的 2 镇、7 乡。

柘荣

真
即善
善即美
木石为荣

东狮望海风
太姥顶上云雾
四溪瀑布九龙舞
天空之城群山相顾

回首，满目皆绿峰
双城、富溪、城郊
乍洋、东源、黄柏
宅中、楮坪、英山[②]

峰峦起伏乡里通
孝德仙山女神路
尊老爱幼德传家
异彩纷呈人增寿

③ 柘荣境内溪涧纵横交错，有交溪、七都溪两水系，平均年径流量 6.97 亿立方米。

④ 皆为柘荣诞生的知名商标。

⑤ 太子参、牛肉丸、鸡冠松里香、彭山翠芽，皆为柘荣特产。

⑥ 我国知名节能环保设备开发生产的企业。

柘荣

清风明月
天然氧吧无需金钱买
山涧纵横
七都溪外有交溪[③]

圣山福地水清澈
森海竹林绿无边
鸳鸯草场繁星夜
触手弯月秋千

紫砂、明矾、石英
花岗、辉绿、高岭土
北有宜兴，南有柘荣
岩石、陶土，魂都在深处

天然矿泉水
闽泉含锶、低矿化
金奖的后面
是天然

"闽浙咽喉"集散地
自古繁荣
富水多桥路路通
永安桥下从容

柘荣

油茶、白茶、食用菌
白术、木瓜、太子参
荒山野岭皆宝藏
竹木深处人生

制陶、开矿、造纸
酿酒、打铁、铸锅
榨油、磨粉、染布
木器、竹器皆手磨

碾米厂里机器忙
新药阿甘定－阿德福韦酯
禽病
太子参抗毒

柘荣刀剪名天下
一剪纸花天地
淳朴、粗拙、刚健浑厚
细腻、古雅、秀丽柔美

"广生堂""鼎鼎"
"瑞祥天人""了尘"
"永德利""威德利""力捷迅"④
"闽东药城"升"海西"

杨梅山上养生
九龙井里乘凉
鸳鸯草场卧鸳鸯
青岚湖水洗心

草编凉席布袋戏
红豆杉里溪水
破独今古通
柳城举杯

双城城堡、游朴墓
溪口永安桥
通向凤岐吴氏宅
袁氏宗祠、归驷桥

柘荣

柘荣

黄柏东山多峡谷
绵延群山十三峰
蝴蝶山、天星岗
九龙井里石臼

太子参、牛肉丸
鸡冠松里香、酥、甜
彭山翠芽⑤
九久能源⑥

一别在山上
再别入梦中
万里江山万里云
净土乡里长寿

注

文爱艺论诗语录开篇第 1 段至
第 2038 段，二十多年前陆续发
表在《文爱艺诗歌精品赏析集》
（全三卷）、《文爱艺抒情诗
集》（全三册·追逐彩蝶·断桥
边的红莲·白雪唤醒的纯洁·赏
析版·典藏本）等书中。

第 2039 段至第 2081 段，发表
在《文爱艺诗集·第 62 部·夜
歌》中。

第 2082 段至第 2098 段，发表
在《文爱艺诗集·第 63 部·彼
岸花》中。

第 2099 段至第 2130 段，发表
在《文爱艺诗集·第 64 部·青
春》中。

第 2131 段至第 2147 段，发表在
《文爱艺诗集·第 65 部·风》
中。

第 2148 段至第 2156 段，发表
在《文爱艺诗集·第 66 部·凤
凰》中。

第 2157 段至第 2176 段，发表
在《文爱艺诗集·第 67 部·风
中之花》中。

之 2177

好诗是不能加一个字，也不能减一个字的，它是生活赐予心灵的艺术品！

与其说是锤炼字、词、句，不如说是生活锻造的灵魂高度，决定了字、词、句，无法被增减、无法被篡改、无法被抹黑、无法被磨灭，永远闪烁着指引着人类战胜厄运、不断前进的思想光芒！

之 2178

人类一切活动的终极目的，就是令万事万物焕发青春，充满勃勃生机。

文化是人类繁荣的发动机，诗就是这个发动机的心脏！

在这面照妖镜下，一切"伪诗"原形毕露！

在地球村 70 多亿的茫茫人海里，在中国 14 多亿的芸芸众生中，假如，在水一方的你我，能相见、相识、相知、相友，那是何等的缘分！

我与文爱艺先生注定了这一缘分。

在人类社会发展的历史进程中，2020 年蔓延的新冠肺炎疫情所带来的灾难，是那么令人恐惧、生畏与难以忘却。

正是这场突如其来的疫灾，文爱艺先生去不了日本而有机会来到了福建的一个零疑似病例、无确诊病例的低风险地区，中国长寿之乡、国家级生态文明建设示范县——柘荣。

他的到来，最初源于他与柘荣陆荣生先生的友情，源于他对柘荣早已向往的企盼，源于他的第 63 部诗集《彼岸花》计划在柘荣举办首发式及作品创作的分享会。

正是为了筹划《彼岸花》在柘荣的首发式及作品创作的分享

会，我与文先生及文化发展出版社进行过多次电话沟通，最终在大家的共同努力下，于 2020 年 7 月 9 日在柘荣县新华书店如期举行。

第一次会面文先生是在 2020 年 7 月 8 日的夜晚，陆荣生、张滔、吴培英、袁水平、谢秉祥、谢秉武等朋友，备好了"家乡的味道"在陆荣生同学的"阳台世界"等候文先生的到来。

当文先生在幽暗的灯光里出现时，大家报以热烈的欢迎掌声，我见到了曾在电话里与之交流过的文先生。

在当晚数小时的交谈过程中及日后的密切交往里，文先生给我留下深深的印象：

形象衣冠楚楚，视洁如命；
言谈滔滔不绝，海阔天空；
论诗别出新语，独见精华；
睿智博古通今，触类旁通；
讲孝道重情义，老母铭心；
慈善乐于助人，多献才智；
分享足遍内外，大江南北；
诗歌物化成品，力成产业；
惜书博览群书，珍藏数万；
深研精巧构思，最美图书。

文爱艺先生，是中国作家协会会员，享誉中外的当代著名学者、作家、诗人、翻译家。

他从小精读古典诗词，14 岁开始发表作品。迄今已出版著述 200 余部，其中诗集 67 部，真可谓高产、多产的作家，令人敬佩不已。

在柘荣《彼岸花》的分享会上，我看到了一个才华横溢、出口成章、才思敏捷、充满活力、诗韵飘逸、正气十足的文爱艺。

他带给与会同志的"诗"的解读、创作经验与正能量，让人久久难以忘怀！

在与文先生的多次深谈之后，鉴于他的聪明才智、广深的人生阅历、擅长的文创运作以及本人对柘荣家乡的钟情热爱，我大胆地向文先生提出：为我们柘荣写一部诗歌专辑的建议，即写一部《文爱艺诗集·第 68 部·柘荣》。

文先生真是一个爽快人，他立刻便答应了！

这个答应是一个承诺，也种下了一颗艰辛劳作的种子。

2020 年 9 月 6 日，文先生第二次专程踏上柘荣这块充满神奇、青春与活力的热土，以践行许下的诺言，正式开启诗歌创作的新篇章：专门为一个地方而创作诗歌，专门为一个地方而出版诗集。

为配合创作好这部诗集，我为文先生精心制订了到柘荣每一天的行程，分分秒秒！

文先生也是我迄今唯一陪过时间最长、走过地域最广的一位"客人"。

在县委宣传部林开锋部长的高度重视下，在有关乡镇、单位与朋友们的共同配合下，文先生走遍了柘荣的山山水水，看遍了柘荣的文史资料，问遍了柘荣的林林总总，也尝遍了柘荣的美味佳肴。

特色产业馆的全饱览，
孝德文化苑的心共鸣，
红色文化的灵魂震撼，
乡村振兴的异军突起，
锦绣柘荣的醉美佳境，
东山雄狮的太姥之巅，
鸳鸯草场的博大胸怀，
历史名人的不朽丰碑，
东源廊桥的国宝形象，
马仙文化的民间信仰，
千年剪纸的传承弘扬，
茶王大赛的动人场景，

县里领导的多次关怀，
秀莹大师的依依握别……

这些，无不让这位诗人感慨不已，无不深度激活诗人的创作
灵感、创作欲望、创作激情与创作突破……

我有幸成为《柘荣》诗集出版前的第一位读者。

文先生妙笔生花、热情洋溢、深情厚意、博学睿智，他把对
柘荣的深情厚爱都灌注，在他诗的字里行间，且听几句：

《东狮山》：

气拔太姥在柘荣
天下奇山雄姿……

《鸳鸯草场》：

连绵起伏的群山
翠绿温馨辽阔

草山蓝天花石上
春绿夏翠秋黄
冬日万亩雪花忙……

《龙溪》：

锦鲤垂绦
白鹭倒影
双城堡下……

《游朴》：

一犁春雨饶耕读
半塌宵灯学卧龙……

《永安桥》：

一轮明月洗清波
山风无迹

水上艳影
荣辱不惊……

《九龙井》：

飞瀑流泉"壶穴"联通
聚合、抬升、侵蚀地

空谷清幽
石山洋里云蒸霞蔚……

《水浒桥》：

溪水云上来
清澈两岸

踏遍万水千山
荆棘脚下

足不及处
波澜一桥通途……

《柘荣剪纸》：

一张张平凡的纸
被智慧赋予了力量

一把剪刀
强烈的信仰喷涌……

这是心灵的呼唤，这是智慧的结晶，这是汗水的浇筑，这是承诺的力量，这是诗域的拓疆，这更是对柘荣情怀的美好抒放。

文先生一生以诗为友，以诗相伴，以诗交友，以诗为乐，以诗谋生，遨游在广阔的诗的海洋里，游刃有余。

正是对诗的这种独有的执着，使其在诗坛独树一帜，令人刮目相看！

当《柘荣》出版后，文先生的诗集即达 68 部了，这不是每个诗人都能做到的。

他的著作有 13 部获得"最美的书"奖、"海峡两岸十大最美图书"奖，《文爱艺诗集》获得过"世界最美图书"奖。

2020 年岁末又传来喜讯：他的两部诗集再度摘得本年度"最美的书"称号，并将参加 2021 年"世界最美的书"评选。

我们热切期待并满怀信心地希望《文爱艺诗集·第 68 部·柘荣》也能夺得"最美的书"殊荣。

《文爱艺诗集·第68部·柘荣》的出版，无疑是柘荣文化建设的闪亮之举，是柘荣文化提升的助力之作！

我们期盼《文爱艺诗集·第68部·柘荣》成为一扇特殊的窗口，让世人透过这一扇诗窗：了解柘荣，认识柘荣，热爱柘荣，关心柘荣，支持柘荣，助力柘荣，发展柘荣，快来柘荣！

吴恩银

2020 年 12 月 1 日于柘荣

作者简介

文爱艺，享誉中外的当代著名学者、翻译家、作家、诗人，中国作家协会会员。生于湖北省襄阳市，从小精读古典诗词，十四岁开始发表作品。

著有《春祭》《梦裙》（2版）、《夜夜秋雨》（2版）、《太阳花》（9版）、《寂寞花》（4版）、《雨中花》（2001－2002）、《病玫瑰》（2003－2004）、《温柔》《独坐爱情之外》《梦的岸边》《流逝在花朵里的记忆》《生命的花朵》《长满翅膀的月亮》《伴月星》《一帘梦》《雪花的心情》《来不及摇醒的美丽》《成群结队的梦》《我的灵魂是火焰·文爱艺抒情诗选集》（1976－2000）、《像心一样敞开的花朵·文爱艺散文诗选集》（1976－2000）、《玫瑰花园》《文爱艺诗歌精品赏析集》（全三卷）、《文爱艺抒情诗集（全三册）——追逐彩蝶·断桥边的红莲·白雪唤醒的纯洁·典藏本赏析版》《文爱艺抒情诗集》《文爱艺散文诗集》《文爱艺爱情诗集》（14版·插图本）、《文爱艺诗集》（14版·插图本）、《文爱艺诗集·第62部·夜歌》《文爱艺诗集·第63部·彼岸花》《文爱艺诗集·第64部·青春》《文爱艺诗集·第65部·风》《文爱艺诗集·第66部·凤凰》《文爱艺诗集·第67部·风中之花》《文爱艺诗集·第68部·柘荣》《文爱艺诗集·第69部·光阴》《文爱艺选集》（花城版首批4卷本）、《文爱艺选集》（敦煌版首批8卷本）、《文爱艺全集》（诗1－4卷·数字版）等60多部诗集，深受读者喜爱，再版不断。

部分作品被译成英、法、俄、日、阿拉伯、世界语等文。现主要致力于系列小说的创作。

译有《勃朗宁夫人十四行爱情诗集》（插图本）、《亚当夏娃日记》（10版·插图本）、《柔波集》（3版·插图本）、《恶之花》（15版·全译本·赏析版·插图本）、《风中之心》《奢侈品之战》《沉思录》（8版·插图本）、《箴言录》（8版·插图本）、《思想录》（插图本）、《古埃及亡灵书》（2版·灵魂之书·插图本）、《小王子》（7版·插图本）、《一个孩子的诗园》（9版·插图本）、《天真之歌》（插图本）、《经验之歌》（插图本）、《亚瑟王传奇》（2版·插图本）、《墓畔挽歌》（2版·插图本）、《老人与海》（6版·插图本）、《培根随笔全集》《共产党宣言》等70余部经典名著及其他著作。

编著有《离骚》《天问》《九歌》《九章》《九辩》《屈原总集》《兰亭集》（2版·插图本）、《绝句》《花之魂》《中国古代风俗百图》（2版·插图本）、《道德经》《金刚经》《心经》《茶经》《酒经》《草书/元·鲜于枢书唐诗》《行书/宋·米芾书天马赋》《二十四诗品》（2版·插图本）、《孟浩然全集》《陈子昂全集》《中国时间》《中国病人》《静心录》《净心录》《洗冤集录》《芥子园画传》（彩色版·新编全集）、《浮生六记》；《经典书库》《新诗金库》《品质书库》《品质诗库》等。

另出版有《当代寓言大观》（4 卷）、《当代寓言名家名作》（9 卷）、《当代寓言金库》（10 卷）、《开启儿童智慧的 100 个当代寓言故事》等少儿读物。

所著、译、编图书，连获 2015 年（首届）、2016 年及 2018 年"海峡两岸十大最美图书"奖，连获 2011 年、2012 年、2013 年及 2015 年、2016 年、2017 年、2018 年，2020 年，共 13 部"中国最美图书"奖；《文爱艺爱情诗集》（第 9 版）获 2019 年环球设计大奖视觉传达类金奖，《文爱艺爱情诗集》（第 10 版）获 2017 年台湾金点大奖、2018 年美国 NY TDC 64 TDC Communication Design Winners 大奖，《文爱艺爱情诗集》（第 12 版）获香港 2018 年 HKDA 环球设计大奖 GDA 银奖、同《鲛》再获 2019 年美国 Benny Award 大奖；《文爱艺诗集·第 62 部·夜歌》获铜奖，且再获美国 2018 年 ONE SHOW DESIGN 优异奖、2019 年第六十五届美国 Certificate of Typographic Excellence 年度优异奖；《文爱艺诗集·第 66 部·凤凰》荣获 CGDA 2020 年视觉传达出版物 Promotional Design & publication 银奖 Silver Award。

《文爱艺诗集·第 14 版典藏本发行十周年纪念版》获 2012 年"世界最美图书"奖。

共出版著述 200 余部。

图书在版编目（ＣＩＰ）数据

文爱艺诗集. 第68部, 柘荣 / 文爱艺著. -- 成都：
四川人民出版社，2021.8
ISBN 978-7-220-12172-2
Ⅰ. ①文… Ⅱ. ①文… Ⅲ. ①诗集—中国—当代
Ⅳ. ①I227
中国版本图书馆CIP数据核字（2021）第092329号

WENAIYI SHIJI  DI 68 BU  ZHERONG

# 文爱艺诗集·第68部·柘荣

文爱艺◎著

| | |
|---|---|
| 出 品 人 | 黄立新 |
| 责任编辑 | 刘姣娇 |
| 装帧设计 | 张益珲 |
| 图片提供 | 吴恩银　游再生　汤美娥　陆巧盈 |
| | 林文强　孔春霞　游何斌　魏发松 |
| 责任校对 | 刘　静 |
| 责任印制 | 许　茜 |
| 出版发行 | 四川人民出版社（成都市槐树街2号） |
| 网　　址 | http://www.scpph.com |
| E-mail | scrmcbs@sina.com |
| 新浪微博 | @四川人民出版社 |
| 微信公众号 | 四川人民出版社 |
| 发行部业务电话 | （028）86259624　86259453 |
| 防盗版举报电话 | （028）86259624 |
| 照　　排 | 四川胜翔数码印务设计有限公司 |
| 印　　刷 | 成都东江印务有限公司 |
| 成品尺寸 | 140mm×275mm |
| 印　　张 | 15.25 |
| 字　　数 | 200千 |
| 版　　次 | 2021年5月第1版 |
| 印　　次 | 2021年5月第1次印刷 |
| 书　　号 | ISBN 978-7-220-12172-2 |
| 定　　价 | 99.00元 |

■版权所有·侵权必究
本书若出现印装质量问题，请与我社发行部联系调换
电话：（028）86259453